SAN MANUEL
BUENO, MÁRTIR

Miguel de Unamuno y Jugo

A veces, el silencio es la peor mentira

SAN MANUEL BUENO, MÁRTIR

Obra de dominio público

Clásicos Renacidos nº3

2ª Edición: FEBRERO 2020

Editado: Oscar Piris Agustí

Publicado con *Kindle direct publishing*

ISBN KDP: 9798613565702

<<Una de las más fecundas tareas que a los escritores en lengua castellana se nos abren es la de forjar un idioma digno de los varios y dilatados países en que se ha de hablar, y capaz de traducir las diversas impresiones e ideas de tan diversas naciones. Y el viejo castellano, acompasado y enfático, lengua de oradores más que de escritores —pues en España los más de estos últimos son oradores por escrito— el viejo castellano necesita refundición. Necesita para europeizarse a la moderna más ligereza y más precisión a la vez... Revolucionar la lengua es la más honda revolución que puede hacerse. Sin ella, la revolución en las ideas no es más que aparente>>

Miguel de Unamuno y Jugo

Contenido

SAN MANUEL BUENO, MÁRTIR

Si sólo en esta vida esperamos en Cristo,
somos los más miserables de los hombres todos.
(SAN PABLO, I Corintios XV, 19)

Ahora que el obispo de la diócesis de Renada, a la que pertenece esta mi querida aldea de Valverde de Lucerna, anda, a lo que se dice, promoviendo el proceso para la beatificación de nuestro Don Manuel, o, mejor, san Manuel Bueno, que fue en esta párroco, quiero dejar aquí consignado, a modo de confesión y sólo Dios sabe, que no yo, con qué destino, todo lo que sé y recuerdo de aquel varón matriarcal que llenó toda la más entrañada vida de mi alma, que fue mi verdadero padre espiritual, el padre de mi espíritu, del mío, el de Ángela Carballino.

Al otro, a mi padre carnal y temporal, apenas si le conocí, pues se me murió siendo yo muy niña. Sé que había llegado de forastero a nuestra Valverde de Lucerna, que aquí arraigó al casarse aquí con mi madre. Trajo consigo unos cuantos libros, el Quijote, obras de teatro clásico, algunas novelas, historias, el Bertoldo, todo revuelto, y de esos libros, los únicos casi que había en toda la aldea, devoré yo ensueños siendo niña. Mi buena madre apenas si me contaba hechos o dichos de mi padre. Los de Don Manuel, a quien, como todo el mundo, adoraba, de quien estaba enamorada -claro que castísimamente-, le habían borrado el recuerdo de los de su marido. A quien encomendaba a Dios, y fervorosamente, cada día al rezar el rosario.

De nuestro Don Manuel me acuerdo como si fuese de cosa de ayer, siendo yo niña, a mis diez años, antes de que me llevaran al Colegio de Religiosas de la ciudad catedralicia de Renada. Tendría él, nuestro santo, entonces unos treinta y siete años. Era alto, delgado, erguido, llevaba la cabeza como nuestra Peña del Buitre lleva su cresta y había en sus ojos toda la hondura azul de nuestro lago. Se llevaba las miradas de todos, y tras ellas, los corazones, y él al mirarnos parecía, traspasando la carne como un cristal, mirarnos al corazón. Todos le queríamos, pero sobre todo los niños. ¡Qué cosas nos decía! Eran cosas, no palabras. Empezaba el pueblo a olerle la santidad; se sentía lleno y embriagado de su aroma. Entonces fue cuando mi hermano Lázaro, que estaba en América, de donde nos mandaba regularmente dinero con que vivíamos en decorosa holgura, hizo que mi madre me mandase al Colegio de Religiosas, a que se completara fuera de la aldea mi educación, y esto aunque a él, a Lázaro, no le hiciesen mucha gracia las monjas. «Pero como ahí -nos escribía- no hay hasta ahora, que yo sepa, colegios laicos y progresivos, y menos para señoritas, hay que atenerse a lo que haya. Lo importante es que Angelita se pula y que no siga entre esas zafias aldeanas.» Y entré en el colegio, pensando en un principio hacerme en él maestra, pero luego se me atragantó la pedagogía.

En el colegio conocí a niñas de la ciudad e intimé con algunas de ellas. Pero seguía atenta a las cosas y a las gentes de nuestra aldea, de la que recibía frecuentes noticias y tal vez alguna visita. Y hasta al colegio llegaba la fama de nuestro párroco, de quien empezaba a hablarse en la ciudad episcopal. Las monjas no hacían sino interrogarme respecto a él.

Desde muy niña alimenté, no sé bien cómo, curiosidades, preocupaciones e inquietudes, debidas, en parte al menos, a aquel revoltijo de libros de mi padre, y todo ello se me medró en el colegio, en el trato, sobre todo con una compañera que se me aficionó desmedidamente y que unas veces me proponía que entrásemos juntas a la vez en un mismo convento, jurándonos, y hasta firmando el juramento con nuestra sangre, hermandad perpetua, y otras veces me hablaba, con los ojos semicerrados, de novios y de aventuras matrimoniales. Por cierto que no he vuelto a saber de ella ni de su suerte. Y eso que cuando se hablaba de nuestro Don Manuel, o cuando mi madre me decía algo de él en sus cartas -y era en casi todas-, que yo leía a mi amiga, esta exclamaba como en arrobo: «¡Qué suerte, chica, la de poder vivir cerca de un santo así, de un santo vivo, de carne y hueso, y poder besarle la mano! Cuando vuelvas a tu pueblo, escríbeme mucho, mucho y cuéntame de él».

Pasé en el colegio unos cinco años, que ahora se me pierden como un sueño de madrugada en la lejanía del recuerdo, y a los quince volvía a mi Valverde de Lucerna. Ya toda ella era Don Manuel; Don Manuel con el lago y con la montaña. Llegué ansiosa de conocerle, de ponerme bajo su protección, de que él me marcara el sendero de mi vida.

Decíase que había entrado en el Seminario para hacerse cura, con el fin de atender a los hijos de una su hermana recién viuda, de servirles de padre; que en el Seminario se había distinguido por su agudeza mental y su talento y que había rechazado ofertas de brillante carrera eclesiástica porque él no quería ser sino de su Valverde de Lucerna, de su aldea perdida como un broche entre el lago y la montaña que se mira en él.

¡Y cómo quería a los suyos! Su vida era arreglar matrimonios desavenidos, reducir a sus padres hijos indómitos o reducir los padres a sus hijos, y sobre todo consolar a los amargados y atediados, y ayudar a todos a bien morir.

Me acuerdo, entre otras cosas, de que al volver de la ciudad la desgraciada hija de la tía Rabona , que se había perdido y volvió, soltera y desahuciada, trayendo un hijito consigo, Don Manuel no paró hasta que hizo que se casase con ella su antiguo novio, Perote, y reconociese como suya a la criaturita, diciéndole:

-Mira, da padre a este pobre crío que no le tiene más que en el cielo.

-¡Pero, Don Manuel, si no es mía la culpa...!

-¡Quién lo sabe, hijo, quién lo sabe...!, y, sobre todo, no se trata de culpa.

Y hoy el pobre Perote, inválido, paralítico, tiene como báculo y consuelo de su vida al hijo aquel que, contagiado de la santidad de Don Manuel, reconoció por suyo no siéndolo.

En la noche de san Juan, la más breve del año, solían y suelen acudir a nuestro lago todas las pobres mujerucas, y no pocos hombrecillos, que se creen poseídos, endemoniados, y que parece no son sino histéricos y a las veces epilépticos, y Don Manuel emprendió la tarea de hacer él de lago, de piscina probática, y tratar de aliviarles y si era posible de curarles. Y era tal la acción de su presencia, de sus miradas, y tal sobre todo la dulcísima autoridad de sus palabras y sobre todo de su voz -¡qué milagro de voz!-, que consiguió curaciones sorprendentes. Con lo que creció su fama, que atraía a nuestro lago y a él a todos los enfermos del contorno. Y alguna vez llegó una madre pidiéndole que hiciese un milagro en su hijo, a lo que contestó sonriendo tristemente: -No tengo licencia del señor obispo para hacer milagros.

Le preocupaba, sobre todo, que anduviesen todos limpios. Si alguno llevaba un roto en su vestidura, le decía:

«Anda a ver al sacristán, y que te remiende eso». El sacristán era sastre. Y cuando el día primero de año iban a felicitarle por ser el de su santo -su santo patrono era el mismo Jesús Nuestro Señor-, quería Don Manuel que todos se le presentasen con camisa nueva, y al que no la tenía se la regalaba él mismo.

Por todos mostraba el mismo afecto, y si a algunos distinguía más con él era a los más desgraciados y a los que aparecían como más díscolos. Y como hubiera en el pueblo un pobre idiota de nacimiento, Blasillo el bobo, a este es a quien más acariciaba y hasta llegó a enseñarle cosas que parecía milagro que las hubiese podido aprender. Y es que el pequeño rescoldo de inteligencia que aún quedaba en el bobo se le encendía en imitar, como un pobre mono, a su Don Manuel. Su maravilla era la voz, una voz divina, que hacía llorar. Cuando al oficiar en misa mayor o solemne entonaba el prefacio, estremecíase la iglesia y todos los que le oían sentíanse conmovidos en sus entrañas. Su canto, saliendo del templo, iba a quedarse dormido sobre el lago y al pie de la montaña. Y cuando en el sermón de Viernes Santo clamaba aquello de: «¡Dios mío, Dios mío!, ¿por qué me has abandonado?», pasaba por el pueblo todo un temblor hondo como por sobre las aguas del lago en días de cierzo de hostigo. Y era como si oyesen a Nuestro Señor Jesucristo mismo, como si la voz brotara de aquel viejo crucifijo a cuyos pies tantas generaciones de madres habían depositado sus congojas. Como que una vez, al oírlo su madre, la de Don Manuel , no pudo contenerse, y desde el suelo del templo, en que se sentaba, gritó: «¡Hijo mío!». Y fue un chaparrón de lágrimas entre todos. Creeríase que el grito maternal había brotado de la boca entreabierta de aquella Dolorosa - el corazón traspasado por siete espadas- que había en una de las capillas del templo. Luego Blasillo el tonto iba repitiendo en tono patético por las callejas, y como en eco, el «¡Dios mío, Dios mío!, ¿por qué me has abandonado?», y de tal manera que al oírselo se les saltaban a todos las lágrimas, con gran regocijo del bobo por su triunfo imitativo.

Su acción sobre las gentes era tal que nadie se atrevía a mentir ante él, y todos, sin tener que ir al confesonario, se le confesaban. A tal punto que como hubiese una vez ocurrido un repugnante crimen en una aldea próxima, el juez, un insensato que conocía mal a Don Manuel, le llamó y le dijo: -A ver si usted, Don Manuel, consigue que este bandido declare la verdad. -¿Para que luego pueda castigársele? -replicó el santo varón-. No, señor juez, no; yo no saco a nadie una verdad que le lleve acaso a la muerte. Allá entre él y Dios... La justicia humana no me concierne. «No juzguéis para no ser juzgados», dijo Nuestro Señor.

-Pero es que yo, señor cura...
-Comprendido; dé usted, señor juez, al César lo que es del César, que yo daré a Dios lo que es de Dios. Y al salir, mirando fijamente al presunto reo, le dijo:
-Mira bien si Dios te ha perdonado, que es lo único que importa.

En el pueblo todos acudían a misa, aunque sólo fuese por oírle y por verle en el altar, donde parecía transfigurarse, encendiéndosele el rostro. Había un santo ejercicio que introdujo en el culto popular, y es que, reuniendo en el templo a todo el pueblo, hombres y mujeres, viejos y niños, unas mil personas, recitábamos al unísono, en una sola voz, el Credo: «Creo en Dios Padre Todopoderoso, Creador del Cielo y de la Tierra...» y lo que sigue. Y no era un coro, sino una sola voz, una voz simple y unida, fundidas todas en una y haciendo como una montaña, cuya cumbre, perdida a las veces en nubes, era Don Manuel. Y al llegar a lo de «creo en la resurrección de la carne y la vida perdurable» la voz de Don Manuel se zambullía, como en un lago, en la del pueblo todo, y era que él se callaba. Y yo oía las campanadas de la villa que se dice aquí que está sumergida en el lecho del lago - campanadas que se dice también se oyen la noche de San Juan- y eran las de la villa sumergida en el lago espiritual de nuestro pueblo; oía la voz de nuestros muertos que en nosotros resucitaban en la comunión de los santos. Después, al llegar a conocer el secreto de nuestro santo, he comprendido que era como si una caravana en marcha por el desierto, desfallecido el caudillo al acercarse al término de su carrera, le tomaran en hombros los suyos para meter su cuerpo sin vida en la tierra de promisión.

Los más no querían morirse sino cogidos de su mano como de un ancla. Jamás en sus sermones se ponía a declamar contra impíos, masones, liberales o herejes. ¿Para qué, si no los había en la aldea? Ni menos contra la mala prensa. En cambio, uno de los más frecuentes temas de sus sermones era contra la mala lengua. Porque él lo disculpaba todo y a todos disculpaba. No quería creer en la mala intención de nadie.

-La envidia -gustaba repetir- la mantienen los que se empeñan en creerse envidiados, y las más de las persecuciones son efecto más de la manía persecutoria que no de la perseguidora.

-Pero fíjese, Don Manuel, en lo que me ha querido decir...

Y él:

-No debe importarnos tanto lo que uno quiera decir como lo que diga sin querer...

Su vida era activa y no contemplativa, huyendo cuanto podía de no tener nada que hacer. Cuando oía eso de que la ociosidad es la madre de todos los vicios, contestaba: «Y del peor de todos, que es el pensar ocioso». Y como yo le preguntara una vez qué es lo que con eso quería decir, me contestó: «Pensar ocioso es pensar para no hacer nada o pensar demasiado en lo que se ha hecho y no en lo que hay que hacer. A lo hecho pecho, y a otra cosa, que no hay peor que remordimiento sin enmienda». ¡Hacer!, ¡hacer! Bien com- prendí yo ya desde entonces que Don Manuel huía de pensar ocioso y a solas, que algún pensamiento le perseguía.

Así es que estaba siempre ocupado, y no pocas veces en inventar ocupaciones. Escribía muy poco para sí, de tal modo que apenas nos ha dejado escritos o notas; mas, en cambio, hacía de memorialista para los demás, y a las madres, sobre todo, les redactaba las cartas para sus hijos ausentes. Trabajaba también manualmente, ayudando con sus brazos a ciertas labores del pueblo. En la temporada de trilla íbase a la era a trillar y aventar, y en tanto, les aleccionaba o les distraía. Sustituía a las veces a algún enfermo en su tarea. Un día del más crudo invierno se encontró con un niño, muertecito de frío, a quien su padre le enviaba a recoger una res a larga distancia, en el monte. -Mira -le dijo al niño-, vuélvete a casa, a calentarte, y dile a tu padre que yo voy a hacer el encargo. Y al volver con la res se encontró con el padre, todo confuso, que iba a su encuentro. En invierno partía leña para los pobres. Cuando se secó aquel magnífico nogal -«un nogal matriarcal» le llamaba-, a cuya sombra había jugado de niño y con cuyas nueces se había durante tantos años regalado, pidió el tronco, se lo llevó a su casa y después de labrar en él seis tablas, que guardaba al pie de su lecho, hizo del resto leña para calentar a los pobres.

Solía hacer también las pelotas para que jugaran los mozos y no pocos juguetes para los niños.

Solía acompañar al médico en su visita y recalcaba las prescripciones de este. Se interesaba sobre todo en los embarazos y en la crianza de los niños, y estimaba como una de las mayores blasfemias aquello de: «¡Teta y gloria!», y lo otro de: «Angelitos al cielo». Le conmovía profundamente la muerte de los niños. -Un niño que nace muerto o que se muere recién nacido y un suicidio -me dijo una vez- son para mí de los más terribles misterios: ¡un niño en cruz!

Y como una vez, por haberse quitado uno la vida, le preguntara el padre del suicida, un forastero, si le daría tierra sagrada, le contestó:

-Seguramente, pues en el último momento, en el segundo de la agonía, se arrepintió sin duda alguna.

Iba también a menudo a la escuela a ayudar al maestro, a enseñar con él, y no sólo el catecismo. Y es que huía de la ociosidad y de la soledad. De tal modo que por estar con el pueblo, y sobre todo con el mocerío y la chiquillería, solía ir al baile. Y más de una vez se puso en él a tocar el tamboril para que los mozos y las mozas bailasen, y esto, que en otro hubiera parecido grotesca profanación del sacerdocio, en él tomaba un sagrado carácter y como de rito religioso. Sonaba el Ángelus, dejaba el tamboril y el palillo, se descubría y todos con él, y rezaba: «El ángel del Señor anunció a María: Ave María...». Y luego: «Y ahora, a descansar para mañana».

-Lo primero -decía- es que el pueblo esté contento, que estén todos contentos de vivir. El contentamiento de vivir es lo primero de todo. Nadie debe querer morirse hasta que Dios quiera.

-Pues yo sí -le dijo una vez una recién viuda-, yo quiero seguir a mi marido...

-¿Y para qué? -le respondió-. Quédate aquí para encomendar su alma a Dios. En una boda dijo una vez: «¡Ay, si pudiese cambiar el agua toda de nuestro lago en vino, en un vinillo que por mucho que de él se bebiera alegrara siempre sin emborrachar nunca... o por lo menos con una borrachera alegre!».

Una vez pasó por el pueblo una banda de pobres titiriteros. El jefe de ella, que llegó con la mujer grave- mente enferma y embarazada, y con tres hijos que le ayudaban, hacía de payaso. Mientras él estaba en la plaza del pueblo haciendo reír a los niños y aun a los grandes, ella, sintiéndose de pronto gravemente indispuesta, se tuvo que retirar, y se retiró escoltada por una mirada de congoja del payaso y una risotada de los niños. Y escoltada por Don Manuel, que luego, en un rincón de la cuadra de la posada, la ayudó a bien morir. Y cuando, acabada la fiesta, supo el pueblo y supo el payaso la tragedia, fuéronse todos a la posada y el pobre hombre, diciendo con llanto en la voz: «Bien se dice, señor cura, que es usted todo un santo», se acercó a este queriendo tomarle la mano para besársela, pero Don Manuel se adelantó, y tomándosela al payaso, pronunció ante todos:

-El santo eres tú, honrado payaso; te vi trabajar y comprendí que no sólo lo haces para dar pan a tus hijos, sino también para dar alegría a los de los otros, y yo te digo que tu mujer, la madre de tus hijos, a quien he despedido a Dios mientras trabajabas y alegrabas, descansa en el Señor, y que tú irás a juntarte con ella y a que te paguen riendo los ángeles a los que haces reír en el cielo de contento.

Y todos, niños y grandes, lloraban, y lloraban tanto de pena como de un misterioso contento en que la pena se ahogaba. Y más tarde, recordando aquel solemne rato, he comprendido que la alegría imperturbable de Don Manuel era la forma temporal y terrena de una infinita y eterna tristeza que con heroica santidad recataba a los ojos y los oídos de los demás.

Con aquella su constante actividad, con aquel mezclarse en las tareas y las diversiones de todos, parecía querer huir de sí mismo, querer huir de su soledad. «Le temo a la soledad», repetía. Mas, aun así, de vez en cuando se iba solo, orilla del lago, a las ruinas de aquella vieja abadía donde aún parecen reposar las almas de los piadosos cistercienses a quienes ha sepultado en el olvido la Historia. Allí está la celda del llamado Padre Capitán, y en sus paredes se dice que aún quedan señales de la gota de sangre con que las salpicó al mortificarse. ¿Que pensaría allí nuestro Don Manuel? Lo que sí recuerdo es que como una vez, hablando de la abadía, le preguntase yo cómo era que no se le había ocurrido ir al claustro, me contestó:

-No es sobre todo porque tenga, como tengo, mi hermana viuda y mis sobrinos a quienes sostener, que Dios ayuda a sus pobres, sino porque yo no nací para ermitaño, para anacoreta; la soledad me mataría el alma, y en cuanto a un monasterio, mi monasterio es Valverde de Lucerna. Yo no debo vivir solo; yo no debo morir solo. Debo vivir para mi pueblo, morir para mi pueblo. ¿Cómo voy a salvar mi alma si no salvo la de mi pueblo?

-Pero es que ha habido santos ermitaños, solitarios... -le dije.

-Sí, a ellos les dio el Señor la gracia de soledad que a mí me ha negado, y tengo que resignarme. Yo no puedo perder a mi pueblo para ganarme el alma. Así me ha hecho Dios. Yo no podría soportar las tentaciones del desierto. Yo no podría llevar solo la cruz del nacimiento.

He querido con estos recuerdos, de los que vive mi fe, retratar a nuestro Don Manuel tal como era cuando yo, mocita de cerca de dieciséis años, volví del Colegio de Religiosas de Renada a nuestro monasterio de Valverde de Lucerna. Y volví a ponerme a los pies de su abad.

-¡Hola, la hija de la Simona -me dijo en cuanto me vio-, y hecha ya toda una moza, y sabiendo francés, y bordar y tocar el piano y qué sé yo qué más! Ahora a preparate para darnos otra familia. Y tu hermano Lázaro, ¿cuándo vuelve? Sigue en el Nuevo Mundo, ¿no es así?

-Sí, señor, sigue en América...

-¡El Nuevo Mundo! Y nosotros en el Viejo. Pues bueno, cuando le escribas, dile de mi parte, de parte del cura, que estoy deseando saber cuándo vuelve del Nuevo Mundo a este Viejo, trayéndonos las novedades de por allá. Y dile que encontrará al lago y a la montaña como les dejó.

Cuando me fui a confesar con él mi turbación era tanta que no acertaba a articular palabra. Recé el «yo pecadora» balbuciendo, casi sollozando. Y él, que lo observó, me dijo: -Pero ¿qué te pasa, corderilla? ¿De qué o de quién tienes miedo? Porque tú no tiemblas ahora al peso de tus pecados ni por temor de Dios, no; tú tiemblas de mí, ¿no es eso? Me eché a llorar.

-Pero ¿qué es lo que te han dicho de mí? ¿Qué leyendas son esas? ¿Acaso tu madre? Vamos, vamos, cálmate y haz cuenta que estás hablando con tu hermano...

Me animé y empecé a confiarle mis inquietudes, mis dudas, mis tristezas. -¡Bah, bah, bah! ¿Y dónde has leído eso, marisabidilla? Todo eso es literatura. No te des demasiado a ella, ni siquiera a santa Teresa. Y si quieres distraerte, lee el Bertoldo, que leía tu padre. Salí de aquella mi primera confesión con el santo hombre profundamente consolada. Y aquel mi temor primero, aquel más que respeto miedo, con que me acerqué a él, trocose en una lástima profunda. Era yo entonces una mocita, una niña casi; pero empezaba a ser mujer, sentía en mis entrañas el jugo de la maternidad, y al encontrarme en el confesonario junto al santo varón, sentí como una callada confesión suya en el susurro sumiso de su voz y recordé cómo cuando al clamar él en la iglesia las palabras de Jesucristo: «¡Dios mío, Dios mío!, ¿por qué me has abandonado?», su madre, la de Don Manuel , respondió desde el suelo: «¡Hijo mío!», y oí este grito que desgarraba la quietud del templo. Y volví a confesarme con él para consolarle.

Una vez que en el confesonario le expuse una de aquellas dudas, me contestó:

-A eso, ya sabes, lo del catecismo: «Eso no me lo preguntéis a mí, que soy ignorante; doctores tiene la Santa Madre Iglesia que os sabrán responder».

-¡Pero si el doctor aquí es usted, Don Manuel...!

-¿Yo, yo doctor?, ¿doctor yo? ¡Ni por pienso! Yo, doctorcilla, no soy más que un pobre cura de aldea. Y esas preguntas, ¿sabes quién te las insinúa, quién te las dirige? Pues... ¡el Demonio!

Y entonces, envalentonándome, le espeté a boca de jarro:

-¿Y si se las dirigiese a usted, Don Manuel?

-¿A quién?, ¿a mí? ¿Y el Demonio? No nos conocemos, hija, no nos conocemos.

-¿Y si se las dirigiera?

-No le haría caso. Y basta, ¿eh?, despachemos, que me están esperando unos enfermos de verdad.

Me retiré, pensando, no sé por qué, que nuestro Don Manuel, tan afamado curandero de endemoniados, no creía en el Demonio. Y al irme hacia mi casa topé con Blasillo el bobo, que acaso rondaba el templo, y que al verme, para agasajarme con sus habilidades, repitió -¡y de qué modo!- lo de «¡Dios mío, Dios mío!, ¿por qué me has abandonado?». Llegué a casa acongojadísima y me encerré en mi cuarto para llorar, hasta que llegó mi madre.

-Me parece, Angelita, con tantas confesiones, que tú te me vas a ir monja.

-No lo tema, madre -le contesté-, pues tengo harto que hacer aquí, en el pueblo, que es mi convento.

-Hasta que te cases.

-No pienso en ello -le repliqué.

Y otra vez que me encontré con Don Manuel, le pregunté, mirándole derechamente a los ojos:

-¿Es que hay infierno, Don Manuel?

Y él, sin inmutarse:

-¿Para ti, hija? No.
-¿Para los otros, le hay?
-¿Y a ti qué te importa, si no has de ir a él?
-Me importa por los otros. ¿Le hay?
-Cree en el cielo, en el cielo que vemos. Míralo -y me lo mostraba sobre la montaña y abajo, reflejado en el lago.
-Pero hay que creer en el infierno, como en el cielo -le repliqué.
-Sí, hay que creer todo lo que cree y enseña a creer la Santa Madre Iglesia Católica, Apostólica, Romana. ¡Y basta!

Leí no sé qué honda tristeza en sus ojos, azules como las aguas del lago. Aquellos años pasaron como un sueño. La imagen de Don Manuel iba creciendo en mí sin que yo de ello me diese cuenta, pues era un varón tan cotidiano, tan de cada día como el pan que a diario pedimos en el Padrenuestro. Yo le ayudaba cuanto podía en sus menesteres, visitaba a sus enfermos, a nuestros enfermos, a las niñas de la escuela, arreglaba el ropero de la iglesia, le hacía, como me llamaba él, de diaconisa. Fui unos días invitada por una compañera de colegio, a la ciudad, y tuve que volverme, pues en la ciudad me ahogaba, me faltaba algo, sentía sed de la vista de las aguas del lago, hambre de la vista de las peñas de la montaña; sentía, sobre todo, la falta de mi Don Manuel y como si su ausencia me llamara, como si corriese un peligro lejos de mí, como si me necesitara. Empezaba yo a sentir una especie de afecto maternal hacia mi padre espiritual; quería aliviarle del peso de su cruz del nacimiento.

Así fui llegando a mis veinticuatro años, que es cuando volvió de América, con un caudalillo ahorrado, mi hermano Lázaro. Llegó acá, a Valverde de Lucerna, con el propósito de llevarnos a mí y a nuestra madre a vivir a la ciudad, acaso a Madrid.

-En la aldea -decía- se entontece, se embrutece y se empobrece uno. Y añadía:
-Civilización es lo contrario de ruralización; ¡aldeanerías no!, que no hice que fueras al colegio para que te pudras luego aquí, entre estos zafios patanes.

Yo callaba, aún dispuesta a resistir la emigración; pero nuestra madre, que pasaba ya de la sesentena, se opuso desde un principio. «¡A mi edad, cambiar de aguas!», dijo primero; mas luego dio a conocer claramente que ella no podría vivir fuera de la vista de su lago, de su montaña, y sobre todo de su Don Manuel. -¡Sois como las gatas, que os apegáis a la casa! -repetía mi hermano. Cuando se percató de todo el imperio que sobre el pueblo todo y en especial sobre nosotras, sobre mi madre y sobre mí, ejercía el santo varón evangélico, se irritó contra este. Le pareció un ejemplo de la oscura teocracia en que él suponía hundida a España. Y empezó a barbotar sin descanso todos los viejos lugares comunes anticlericales y hasta antirreligiosos y progresistas que había traído renovados del Nuevo Mundo.

-En esta España de calzonazos -decía- los curas manejan a las mujeres y las mujeres a los hombres... ¡y luego el campo!, ¡el campo!, este campo feudal...

Para él, feudal era un término pavoroso; feudal y medieval eran los dos calificativos que prodigaba cuando quería condenar algo.

Le desconcertaba el ningún efecto que sobre nosotras hacían sus diatribas y el casi ningún efecto que hacían en el pueblo, donde se le oía con respetuosa indiferencia. «A estos patanes no hay quien les conmueva». Pero como era bueno por ser inteligente, pronto se dio cuenta de la clase de imperio que Don Manuel ejercía sobre el pueblo, pronto se enteró de la obra del cura de su aldea.

-¡No, no es como los otros -decía-, es un santo!
-Pero ¿tú sabes cómo son los otros curas? -le decía yo, y él:
-Me lo figuro.

Mas aun así ni entraba en la iglesia ni dejaba de hacer alarde en todas partes de su incredulidad, aunque procurando siempre dejar a salvo a Don Manuel. Y ya en el pueblo se fue formando, no sé cómo, una expectativa, la de una especie de duelo entre mi hermano Lázaro y Don Manuel, o más bien se esperaba la conversión de aquel por este. Nadie dudaba de que al cabo el párroco le llevaría a su parroquia. Lázaro, por su parte, ardía en deseos -me lo dijo luego- de ir a oír a

Don Manuel, de verle y oírle en la iglesia, de acercarse a él y con él conversar, de conocer el secreto de aquel su imperio espiritual sobre las almas. Y se hacía de rogar para ello, hasta que al fin, por curiosidad -decía-, fue a oírle.

-Sí, esto es otra cosa -me dijo luego de haberle oído-; no es como los otros, pero a mí no me la da; es demasiado inteligente para creer todo lo que tiene que enseñar.

-Pero ¿es que le crees un hipócrita? -le dije.

-¡Hipócrita... no!, pero es el oficio del que tiene que vivir. En cuanto a mí, mi hermano se empeñaba en que yo leyese de libros que él trajo y de otros que me incitaba a comprar.

-¿Conque tu hermano Lázaro -me decía Don Manuel- se empeña en que leas? Pues lee, hija mía, lee y dale así gusto. Sé que no has de leer sino cosa buena; lee aunque sea novelas. No son mejores las historias que llaman verdaderas. Vale más que leas que no el que te alimentes de chismes y comadrerías del pueblo. Pero lee sobre todo libros de piedad que te den contento de vivir, un contento apacible y silencioso. ¿Le tenía él?

Por entonces enfermó de muerte y se nos murió nuestra madre, y en sus últimos días todo su hipo era que Don Manuel convirtiese a Lázaro, a quien esperaba volver a ver un día en el cielo, en un rincón de las estrellas desde donde se viese el lago y la montaña de Valverde de Lucerna. Ella se iba ya, a ver a Dios.

-Usted no se va -le decía Don Manuel-, usted se queda. Su cuerpo aquí, en esta tierra, y su alma también aquí en esta casa, viendo y oyendo a sus hijos, aunque estos ni le vean ni le oigan.

-Pero yo, padre -dijo-, voy a ver a Dios.

-Dios, hija mía, está aquí como en todas partes, y le verá usted desde aquí, desde aquí. Y a todos nosotros en Él, y a Él en nosotros.

-Dios se lo pague -le dije.

-El contento con que tu madre se muera -me dijo- será su eterna vida. Y volviéndose a mi hermano Lázaro:

-Su cielo es seguir viéndote, y ahora es cuando hay que salvarla. Dile que rezarás por ella. -Pero...

-¿Pero...? Dile que rezarás por ella, a quien debes la vida, y sé que una vez que se lo prometas rezarás y sé que luego que reces...

Mi hermano, acercándose, arrasados sus ojos en lágrimas, a nuestra madre, agonizante, le prometió solemnemente rezar por ella.

-Y yo en el cielo por ti, por vosotros -respondió mi madre, y besando el crucifijo y puestos sus ojos en los de Don Manuel, entregó su alma a Dios.
-«¡En tus manos encomiendo mi espíritu!» -rezó el santo varón.

Quedamos mi hermano y yo solos en la casa. Lo que pasó en la muerte de nuestra madre puso a Lázaro en relación con Don Manuel, que pareció descuidar algo a sus demás pacientes, a sus demás menesterosos, para atender a mi hermano. Íbanse por las tardes de paseo, orilla del lago, o hacia las ruinas, vestidas de hiedra, de la vieja abadía de cistercienses.

-Es un hombre maravilloso -me decía Lázaro-. Ya sabes que dicen que en el fondo de este lago hay una villa sumergida y que en la noche de san Juan, a las doce, se oyen las campanadas de su iglesia.
-Sí -le contestaba yo-, una villa feudal y medieval...
-Y creo -añadía él- que en el fondo del alma de nuestro Don Manuel hay también sumergida, ahogada, una villa y que alguna vez se oyen sus campanadas.
-Sí -le dije-, esa villa sumergida en el alma de Don Manuel, ¿y por qué no también en la tuya?, es el cementerio de las almas de nuestros abuelos, los de esta nuestra Valverde de Lucerna... ¡feudal y medieval!

Acabó mi hermano por ir a misa siempre, a oír a Don Manuel, y cuando se dijo que cumpliría con la parroquia, que comulgaría cuando los demás comulgasen, recorrió un íntimo regocijo al pueblo todo, que creyó haberle recobrado. Pero fue un regocijo tal, tan limpio, que Lázaro no se sintió ni vencido ni disminuido.
Y llegó el día de su comunión, ante el pueblo todo, con el pueblo todo. Cuando llegó la vez a mi hermano pude ver que Don Manuel,

tan blanco como la nieve de enero en la montaña y temblando como tiembla el lago cuando le hostiga el cierzo, se le acercó con la sagrada forma en la mano, y de tal modo le temblaba esta al arrimarla a la boca de Lázaro que se le cayó la forma a tiempo que le daba un vahído. Y fue mi hermano mismo quien recogió la hostia y se la llevó a la boca. Y el pueblo al ver llorar a Don Manuel, lloró diciéndose: «¡Cómo le quiere!». Y entonces, pues era la madrugada, cantó un gallo. Al volver a casa y encerrarme en ella con mi hermano, le eché los brazos al cuello y besándole le dije:

-¡Ay Lázaro, Lázaro, qué alegría nos has dado a todos, a todos, a todo el pueblo, a todos, a los vivos y a los muertos, y sobre todo a mamá, a nuestra madre! ¿Viste? El pobre Don Manuel lloraba de alegría. ¡Qué alegría nos has dado a todos!
-Por eso lo he hecho -me contestó.
-¿Por eso? ¿Por darnos alegría? Lo habrás hecho ante todo por ti mismo, por conversión. Y entonces Lázaro, mi hermano, tan pálido y tan tembloroso como Don Manuel cuando le dio la comunión, me hizo sentarme en el sillón mismo donde solía sentarse nuestra madre, tomó huelgo, y luego, como en íntima confesión doméstica y familiar, me dijo:
-Mira, Angelita, ha llegado la hora de decirte la verdad, toda la verdad, y te la voy a decir, porque debo decírtela, porque a ti no puedo, no debo callártela y porque además habrías de adivinarla y a medias, que es lo peor, más tarde o más temprano.

Y entonces, serena y tranquilamente, a media voz, me contó una historia que me sumergió en un lago de tristeza. Cómo Don Manuel le había venido trabajando, sobre todo en aquellos paseos a las ruinas de la vieja abadía cisterciense, para que no escandalizase, para que diese buen ejemplo, para que se incorporase a la vida religiosa del pueblo, para que fingiese creer si no creía, para que ocultase sus ideas al respecto, mas sin intentar siquiera catequizarle, convertirle de otra manera.

-Pero ¿es eso posible? -exclamé consternada.
-¡Y tan posible, hermana, y tan posible! Y cuando yo le decía: «¿Pero es usted, usted, el sacerdote, el que me aconseja que finja?», él,

balbuciente: «¿Fingir?, ¡fingir no!, ¡eso no es fingir! Toma agua bendita, que dijo alguien, y acabarás creyendo». Y como yo, mirándole a los ojos, le dijese: «¿Y usted celebrando misa ha acabado por creer?», él bajó la mirada al lago y se le llenaron los ojos de lágrimas. Y así es como le arranqué su secreto.

-¡Lázaro! -gemí.

Y en aquel momento pasó por la calle Blasillo el bobo, clamando su: «¡Dios mío, Dios mío!, ¿por qué me has abandonado?». Y Lázaro se estremeció creyendo oír la voz de Don Manuel, acaso la de Nuestro Señor Jesucristo.

-Entonces -prosiguió mi hermano- comprendí sus móviles, y con esto comprendí su santidad; porque es un santo, hermana, todo un santo. No trataba al emprender ganarme para su santa causa -porque es una causa santa, santísima-, arrogarse un triunfo, sino que lo hacía por la paz, por la felicidad, por la ilusión si quieres, de los que le están encomendados; comprendí que si les engaña así -si es que esto es engaño- no es por medrar. Me rendí a sus razones, y he aquí mi conversión. Y no me olvidaré jamás del día en que diciéndole yo: «Pero, Don Manuel, la verdad, la verdad ante todo», él, temblando, me susurró al oído -y eso que estábamos solos en medio del campo-: «¿La verdad? La verdad, Lázaro, es acaso algo terrible, algo intolerable, algo mortal; la gente sencilla no podría vivir con ella». «¿Y por qué me la deja entrever ahora aquí, como en confesión?», le dije. Y él: «Porque si no, me atormentaría tanto, tanto, que acabaría gritándola en medio de la plaza, y eso jamás, jamás, jamás. Yo estoy para hacer vivir a las almas de mis feligreses, para hacerles felices, para hacerles que se sueñen inmortales y no para matarles. Lo que aquí hace falta es que vivan sanamente, que vivan en unanimidad de sentido, y con la verdad, con mi verdad, no vivirían. Que vivan. Y esto hace la Iglesia, hacerles vivir. ¿Religión verdadera? Todas las religiones son verdaderas en cuanto hacen vivir espiritualmente a los pueblos que las profesan, en cuanto les consuelan de haber tenido que nacer para morir, y para cada pueblo la religión más verdadera es la suya, la que le ha hecho. ¿Y la mía? La mía es consolarme en consolar a los demás, aunque el consuelo que les doy no sea el mío». Jamás olvidaré estas sus palabras. -¡Pero esa comunión tuya ha sido un sacrilegio! -me atreví a insinuar, arrepintiéndome al punto de haberlo insinuado.

-¿Sacrilegio? ¿Y él que me la dio? ¿Y sus misas?

-¡Qué martirio! -exclamé.

-Y ahora -añadió mi hermano- hay otro más para consolar al pueblo.

-¿Para engañarle? -le dije.

-Para engañarle no -me replicó-, sino para corroborarle en su fe.

-Y él, el pueblo -dije-, ¿cree de veras?

-¡Qué sé yo ...! Cree sin querer, por hábito, por tradición. Y lo que hace falta es no despertarle. Y que viva en su pobreza de sentimientos para que no adquiera torturas de lujo. ¡Bienaventurados los pobres de espíritu!

-Eso, hermano, lo has aprendido de Don Manuel. Y ahora, dime, ¿has cumplido aquello que le prometiste a nuestra madre cuando ella se nos iba a morir, aquello de que rezarías por ella?

-¡Pues no se lo había de cumplir! Pero ¿por quién me has tomado, hermana? ¿Me crees capaz de faltar a mi palabra, a una promesa solemne, y a una promesa hecha, y en el lecho de muerte, a una madre?

-¡Qué sé yo...! Pudiste querer engañarla para que muriese consolada.

-Es que si yo no hubiese cumplido la promesa viviría sin consuelo.

-¿Entonces?

-Cumplí la promesa y no he dejado de rezar ni un solo día por ella.

-¿Sólo por ella?

-Pues, ¿por quién más?

-¡Por ti mismo! Y de ahora en adelante, por Don Manuel.

Nos separamos para irnos cada uno a su cuarto, yo a llorar toda la noche, a pedir por la conversión de mi hermano y de Don Manuel, y él, Lázaro, no sé bien a qué.

Después de aquel día temblaba yo de encontrarme a solas con Don Manuel, a quien seguía asistiendo en sus piadosos menesteres. Y él pareció percatarse de mi estado íntimo y adivinar la causa. Y cuando al fin me acerqué a él en el tribunal de la penitencia -¿quién era el juez y quién el reo?-, los dos, él y yo, doblamos en silencio la cabeza y nos pusimos a llorar. Y fue él, Don Manuel, quien rompió el tremendo silencio para decirme con voz que parecía salir de una huesa:

-Pero tú, Angelina, tú crees como a los diez años, ¿no es así? ¿Tú crees?
-Sí creo, padre.
-Pues sigue creyendo. Y si se te ocurren dudas, cállatelas a ti misma. Hay que vivir... Me atreví, y toda temblorosa le dije:
-Pero usted, padre, ¿cree usted?

Vaciló un momento y, reponiéndose, me dijo:

-¡Creo!
-¿Pero en qué, padre, en qué? ¿Cree usted en la otra vida?, ¿cree usted que al morir no nos morimos del todo?, ¿cree que volveremos a vernos, a querernos en otro mundo venidero?, ¿cree en la otra vida? El pobre santo sollozaba.
-¡Mira, hija, dejemos eso!

Y ahora, al escribir esta memoria, me digo: ¿Por qué no me engañó?, ¿por qué no me engañó entonces como engañaba a los demás? ¿Por qué se acongojó? ¿Porque no podía engañarse a sí mismo, o porque no podía engañarme? Y quiero creer que se acongojaba porque no podía engañarse para engañarme.

-Y ahora -añadió-, reza por mí, por tu hermano, por ti misma, por todos. Hay que vivir. Y hay que dar vida.

Y después de una pausa:

-¿Y por qué no te casas, Angelina?
-Ya sabe usted, padre mío, por qué.
-Pero no, no; tienes que casarte. Entre Lázaro y yo te buscaremos un novio. Porque a ti te conviene casarte para que se te curen esas preocupaciones.
-¿Preocupaciones, Don Manuel?

-Yo sé bien lo que me digo. Y no te acongojes demasiado por los demás, que harto tiene cada cual con tener que responder de sí mismo.

-¡Y que sea usted, Don Manuel, el que me diga eso!, ¡que sea usted el que me aconseje que me case para responder de mí y no acuitarme por los demás!, ¡que sea usted! -Tienes razón, Angelina, no sé ya lo que me digo; no sé ya lo que me digo desde que estoy confesándome contigo. Y sí, sí, hay que vivir, hay que vivir.

Y cuando yo iba a levantarme para salir del templo, me dijo:

-Y ahora, Angelina, en nombre del pueblo, ¿me absuelves?

Me sentí como penetrada de un misterioso sacerdocio, y le dije:

-En nombre de Dios Padre, Hijo y Espíritu Santo, le absuelvo, padre.

Y salimos de la iglesia, y al salir se me estremecían las entrañas maternales. Mi hermano, puesto ya del todo al servicio de la obra de Don Manuel, era su más asiduo colaborador y compañero. Les anudaba, además, el común secreto. Le acompañaba en sus visitas a los enfermos, a las escuelas, y ponía su dinero a disposición del santo varón. Y poco faltó para que no aprendiera a ayudarle a misa. E iba entrando cada vez más en el alma insondable de Don Manuel. -¡Qué hombre! -me decía-. Mira, ayer, paseando a orillas del lago, me dijo: «He aquí mi tentación mayor». Y como yo le interrogase con la mirada, añadió: «Mi pobre padre, que murió de cerca de noventa años, se pasó la vida, según me lo confesó él mismo, torturado por la tentación del suicidio, que le venía no recordaba desde cuándo, de nación, decía, y defendiéndose de ella. Y esa defensa fue su vida. Para no sucumbir a tal tentación extremaba los cuidados por conservar la vida. Me contó escenas terribles. Me parecía como una locura. Y yo la he heredado. ¡Y cómo me llama esa agua que con su aparente quietud -la corriente va por dentro- espeja al cielo! ¡Mi vida, Lázaro, es una especie de suicidio continuo, un combate contra el suicidio, que es igual; pero que vivan ellos, que vivan los nuestros!». Y luego añadió: «Aquí se remansa el río en lago, para luego, bajando a la meseta, precipitarse en cascadas, saltos y torrenteras por las hoces y encañadas, junto a la ciudad, y así se remansa la vida, aquí, en la aldea. Pero la tentación del suicidio es mayor aquí, junto al remanso que espeja de noche las estrellas, que no junto a las cascadas que dan miedo. Mira, Lázaro, he asistido a bien morir a pobres aldeanos, ignorantes, analfabetos que apenas si habían salido de la aldea, y he podido saber de sus labios, y cuando no adivinarlo, la verdadera causa de su enfermedad de muerte, y he podido mirar, allí, a la cabecera de su lecho de muerte, toda la negrura de la sima del tedio de vivir. ¡Mil veces peor que el hambre! Sigamos, pues, Lázaro, suicidándonos en nuestra obra y en nuestro pueblo, y que sueñe este su vida como el lago sueña el cielo». -Otra vez -me decía también mi hermano-, cuando volvíamos acá, vimos una zagala, una cabrera, que enhiesta sobre un picacho de la falda de la montaña, a la vista del lago, estaba cantando con una voz más fresca que las aguas de este. Don Manuel me detuvo y señalándomela dijo: «Mira, parece como si se hubiera acabado el tiempo, como si esa zagala hubiese estado ahí siempre, y como está, y cantando como está, y como si hubiera de seguir estando así siempre, como estuvo cuando empezó mi conciencia, como estará cuando se me acabe. Esa zagala forma parte, con las rocas, las nubes, los árboles, las aguas, de la naturaleza y no de la historia». ¡Cómo siente, cómo anima Don Manuel a la naturaleza! Nunca olvidaré el día de la nevada en que me dijo: «¿Has visto, Lázaro, misterio mayor que el de la nieve cayendo en el lago y muriendo en él mientras cubre con su toca a la montaña?».

Don Manuel tenía que contener a mi hermano en su celo y en su inexperiencia de neófito. Y como supiese que este andaba predicando contra ciertas supersticiones populares, hubo de decirle:

-¡Déjalos! ¡Es tan difícil hacerles comprender dónde acaba la creencia ortodoxa y dónde empieza la superstición! Y más para nosotros. Déjalos, pues, mientras se consuelen. Vale más que lo crean todo, aun cosas contradictorias entre sí, a no que no crean nada. Eso de que el que cree demasiado acaba por no creer nada, es cosa de protestantes. No protestemos. La protesta mata el contento.

Una noche de plenilunio -me contaba también mi hermano- volvían a la aldea por la orilla del lago, a cuya sobrehaz rizaba entonces la brisa montañesa y en el rizo cabrilleaban las razas de la luna llena, y Don Manuel le dijo a Lázaro:

-¡Mira, el agua está rezando la letanía y ahora dice: ¡anua caeli, ora pro nobis, puerta del cielo, ruega por nosotros!

Y cayeron temblando de sus pestañas a la yerba del suelo dos huideras lágrimas en que también, como en rocío, se bañó temblorosa la lumbre de la luna llena.

E iba corriendo el tiempo y observábamos mi hermano y yo que las fuerzas de Don Manuel empezaban a decaer, que ya no lograba contener del todo la insondable tristeza que le consumía, que acaso una enfermedad traidora le iba minando el cuerpo y el alma. Y Lázaro, acaso para distraerle más, le propuso si no estaría bien que fundasen en la iglesia algo así como un sindicato católico agrario.

-¿Sindicato? -respondió tristemente Don Manuel-. ¿Sindicato? ¿Y qué es eso? Yo no conozco más sindicato que la Iglesia, y ya sabes aquello de «mi reino no es de este mundo». Nuestro reino, Lázaro, no es de este mundo...

-¿Y del otro?

Don Manuel bajó la cabeza:

-El otro, Lázaro, está aquí también, porque hay dos reinos en este mundo. O mejor, el otro mundo... Vamos, que no sé lo que me digo. Y en cuanto a eso del sindicato, es en ti un resabio de tu época de progresismo. No, Lázaro, no; la religión no es para resolver los conflictos económicos o políticos de este mundo que Dios entregó a las disputas de los hombres. Piensen los hombres y obren los hombres como pensaren y como obraren, que se consuelen de haber nacido, que vivan lo más contentos que puedan en la ilusión de que todo esto tiene una finalidad. Yo no he venido a someter los pobres a los ricos, ni a predicar a estos que se sometan a aquellos. Resignación y caridad en todos y para todos. Porque también el rico tiene que resignarse a su riqueza, y a la vida, y también el pobre tiene que tener caridad para con el rico. ¿Cuestión social? Deja eso, eso no nos concierne. Que traen una nueva sociedad, en que no haya ya ricos ni pobres, en que esté justamente repartida la riqueza, en que todo sea de todos, ¿y qué? ¿Y no crees que del bienestar general surgirá más fuerte el tedio a la vida? Sí, ya sé que uno de esos caudillos de la que llaman la revolución social ha dicho que la religión es el opio del pueblo. Opio... Opio... Opio, sí. Démosle opio, y que duerma y que sueñe. Yo mismo con esta mi loca actividad me estoy administrando opio. Y no logro dormir bien y menos soñar bien... ¡Esta terrible pesadilla! Y yo también puedo decir con el Divino Maestro: «Mi alma está triste hasta la muerte». No, Lázaro; nada de sindicatos por nuestra parte. Si lo forman ellos me parecerá bien, pues que así se distraen. Que jueguen al sindicato, si eso les contenta.

El pueblo todo observó que a Don Manuel le menguaban las fuerzas, que se fatigaba. Su voz misma, aquella voz que era un milagro, adquirió un cierto temblor íntimo. Se le asomaban las lágrimas con cualquier motivo. Y sobre todo cuando hablaba al pueblo del otro mundo, de la otra vida, tenía que detenerse a ratos cerrando los ojos. «Es que lo está viendo», decían. Y en aquellos momentos era Blasillo el bobo el que con más cuajo lloraba. Porque ya Blasillo lloraba más que reía, y hasta sus risas sonaban a lloros.

Al llegar la última Semana de Pasión que con nosotros, en nuestro mundo, en nuestra aldea celebró Don Manuel, el pueblo todo presintió el fin de la tragedia. ¡Y cómo sonó entonces aquel: «¡Dios mío, Dios mío!, ¿por qué me has abandonado?», el último que en público sollozó Don Manuel! Y cuando dijo lo del Divino Maestro al buen bandolero -«todos los bandoleros son buenos», solía decir nuestro Don Manuel-, aquello de: «Mañana estarás conmigo en el paraíso». ¡Y la última comunión general que repartió nuestro santo! Cuando llegó a dársela a mi hermano, esta vez con mano segura, después del litúrgico «., in vitam aeternam», se le inclinó al oído y le dijo: «No hay más vida eterna que esta... que la sueñen eterna... eterna de unos pocos años...». Y cuando me la dio a mí me dijo: «Reza, hija mía, reza por nosotros». Y luego, algo tan extraordinario que lo llevo en el corazón como el más grande misterio, y fue que me dijo con voz que parecía de otro mundo: «... y reza también por Nuestro Señor Jesucristo...».

Me levanté sin fuerzas y como sonámbula. Y todo en torno me pareció un sueño. Y pensé: «Habré de rezar también por el lago y por la montaña». Y luego: «¿Es que estaré endemoniada?». Y en casa ya, cogí el crucifijo con el cual en las manos había entregado a Dios su alma mi madre, y mirándolo a través de mis lágrimas y recordando el «¡Dios mío, Dios mío!, ¿por qué me has abandonado?» de nuestros dos Cristos, el de esta tierra y el de esta aldea, recé: «hágase tu voluntad, así en la tierra como en el cielo», primero, y después: «Y no nos dejes caer en la tentación, amén». Luego me volví a aquella imagen de la Dolorosa, con su corazón traspasado por siete espadas, que había sido el más doloroso consuelo de mi pobre madre, y recé: «Santa María, madre de Dios, ruega por nosotros, pecadores, ahora y en la hora de nuestra muerte, amén». Y apenas lo había rezado cuando me dije: «¿pecadores?, ¿nosotros pecadores?, ¿y cuál es nuestro pecado, cuál?». Y anduve todo el día acongojada por esta pregunta. Al día siguiente acudí a Don Manuel, que iba adquiriendo una solemnidad de religioso ocaso, y le dije:

-¿Recuerda, padre mío, cuando hace ya años, al dirigirle yo una pregunta me contestó: «Eso no me lo preguntéis a mí, que soy ignorante; doctores tiene la Santa Madre Iglesia que os sabrán responder»?

-¡Que si me acuerdo!... y me acuerdo que te dije que esas eran preguntas que te dictaba el Demonio.

-Pues bien, padre, hoy vuelvo yo, la endemoniada, a dirigirle otra pregunta que me dicta mi demonio de la guarda.

-Pregunta.

-Ayer, al darme de comulgar, me pidió que rezara por todos nosotros y hasta por...

-Bien, cállalo y sigue.

-Llegué a casa y me puse a rezar, y al llegar a aquello de «ruega por nosotros, pecadores, ahora y en la hora de nuestra muerte», una voz íntima me dijo: «¿pecadores?, ¿pecadores nosotros?, ¿y cuál es nuestro pecado?». ¿Cuál es nuestro pecado, padre?

-¿Cuál? -me respondió-. Ya lo dijo un gran doctor de la Iglesia Católica Apostólica Española, ya lo dijo el gran doctor de La vida es sueño, ya dijo que «el delito mayor del hombre es haber nacido». Ese es, hija, nuestro pecado: el de haber nacido.

-¿Y se cura, padre?

-¡Vete y vuelve a rezar! Vuelve a rezar por nosotros, pecadores, ahora y en la hora de nuestra muerte... Sí, al fin se cura el sueño..., al fin se cura la vida..., al fin se acaba la cruz del nacimiento... Y como dijo Calderón, el hacer bien, y el engañar bien, ni aun en sueños se pierde...

Y la hora de su muerte llegó por fin. Todo el pueblo la veía llegar. Y fue su más grande lección. No quiso morirse ni solo ni ocioso. Se murió predicando al pueblo, en el templo. Primero, antes de mandar que le llevasen a él, pues no podía ya moverse por la perlesía, nos llamó a su casa a Lázaro y a mí. Y allí, los tres a solas, nos dijo:

-Oíd: cuidad de estas pobres ovejas, que se consuelen de vivir, que crean lo que yo no he podido creer. Y tú, Lázaro, cuando hayas de morir, muere como yo, como morirá nuestra Ángela, en el seno de la Santa Madre Católica Apostólica Romana, de la Santa Madre Iglesia de Valverde de Lucerna, bien entendido. Y hasta nunca más ver, pues se acaba este sueño de la vida...
   -¡Padre, padre! -gemí yo.
   -No te aflijas, Ángela, y sigue rezando por todos los pecadores, por todos los nacidos. Y que sueñen, que sueñen. ¡Qué ganas tengo de dormir, dormir, dormir sin fin, dormir por toda una eternidad y sin soñar!, ¡olvidando el sueño! Cuando me entierren, que sea en una caja hecha con aquellas seis tablas que tallé del viejo nogal, ¡pobrecito!, a cuya sombra jugué de niño, cuando empezaba a soñar... ¡Y entonces sí que creía en la vida perdurable! Es decir, me figuro ahora que creía entonces. Para un niño creer no es más que soñar. Y para un pueblo. Esas seis tablas que tallé con mis propias manos, las encontraréis al pie de mi cama.

Le dio un ahogo y, repuesto de él, prosiguió:

-Recordaréis que cuando rezábamos todos en uno, en unanimidad de sentido, hechos pueblo, el Credo, al llegar al final yo me callaba. Cuando los israelitas iban llegando al fin de su peregrinación por el desierto, el Señor les dijo a Aarón y a Moisés que por no haberle creído no meterían a su pueblo en la tierra prometida, y les hizo subir al monte de Hor, donde Moisés hizo desnudar a Aarón, que allí murió, y luego subió Moisés desde las llanuras de Moab al monte Nebo, a la cumbre de Fasga, enfrente de Jericó, y el Señor le mostró toda la tierra prometida a su pueblo, pero diciéndole a él: «¡No pasarás allá!», y allí murió Moisés y nadie supo su sepultura. Y dejó por caudillo a Jo sué. Sé tú, Lázaro, mi Jo sué, y si puedes detener el Sol, deténle, y no te importe del progreso. Como Moisés, he conocido al Señor, nuestro supremo ensueño, cara a cara, y ya sabes que dice la Escritura que el que le ve la cara a Dios, que el que le ve al sueño los ojos de la cara con que nos mira, se muere sin remedio y para siempre. Que no le vea, pues, la cara a Dios este nuestro pueblo mientras viva, que después de muerto ya no hay cuidado, pues no verá nada...

-¡Padre, padre, padre! -volví a gemir.

Y él:

-Tú, Ángela, reza siempre, sigue rezando para que los pecadores todos sueñen hasta morir la resurrección de la carne y la vida perdurable...

Yo esperaba un «¿y quién sabe...?», cuando le dio otro ahogo a Don Manuel.

-Y ahora -añadió-, ahora, en la hora de mi muerte, es hora de que hagáis que se me lleve, en este mismo sillón, a la iglesia para despedirme allí de mi pueblo, que me espera.

Se le llevó a la iglesia y se le puso, en el sillón, en el presbiterio, al pie del altar. Tenía entre sus manos un crucifijo. Mi hermano y yo nos pusimos junto a él, pero fue Blasillo el bobo quien más se arrimó. Quería coger de la mano a Don Manuel, besársela. Y como algunos trataran de impedírselo, Don Manuel les reprendió diciéndoles:

-Dejadle que se me acerque. Ven, Blasillo, dame la mano.

El bobo lloraba de alegría. Y luego Don Manuel dijo:

-Muy pocas palabras, hijos míos, pues apenas me siento con fuerzas sino para morir. Y nada nuevo tengo que deciros. Ya os lo dije todo. Vivid en paz y contentos y esperando que todos nos veamos un día en la Valverde de Lucerna que hay allí, entre las estrellas de la noche que se reflejan en el lago, sobre la montaña. Y rezad, rezad a María Santísima, rezad a Nuestro Señor. Sed buenos, que esto basta. Perdonadme el mal que haya podido haceros sin quererlo y sin saberlo. Y ahora, después de que os dé mi bendición, rezad todos a una el Padrenuestro, el Ave María, la Salve, y por último el Credo.

Luego, con el crucifijo que tenía en la mano dio la bendición al pueblo, llorando las mujeres y los niños y no pocos hombres, y en seguida empezaron las oraciones, que Don Manuel oía en silencio y cogido de la mano por Blasillo, que al son del ruego se iba durmiendo. Primero el Padrenuestro con su «hágase tu voluntad así en la tierra como en el cielo», luego el Santa María con su «ruega por nosotros, pecadores, ahora y en la hora de nuestra muerte», a seguida la Salve con su «gimiendo y llorando en este valle de lágrimas», y por último el Credo. Y al llegar a la «resurrección de la carne y la vida perdurable», todo el pueblo sintió que su santo había entregado su alma a Dios. Y no hubo que cerrarle los ojos, porque se murió con ellos cerrados. Y al ir a despertar a Blasillo nos encontramos con que se había dormido en el Señor para siempre. Así que hubo luego que enterrar dos cuerpos. El pueblo todo se fue en seguida a la casa del santo a recoger reliquias, a repartirse retazos de sus vestiduras, a llevarse lo que pudieran como reliquia y recuerdo del bendito mártir. Mi hermano guardó su breviario, entre cuyas hojas encontró, desecada y como en un herbario, una clavellina pegada a un papel y en este una cruz con una fecha.

Nadie en el pueblo quiso creer en la muerte de Don Manuel; todos esperaban verle a diario, y acaso le veían, pasar a lo largo del lago y espejado en él o teniendo por fondo las montañas; todos seguían oyendo su voz, y todos acudían a su sepultura, en torno a la cual surgió todo un culto. Las endemoniadas venían ahora a tocar la cruz de nogal, hecha también por sus manos y sacada del mismo árbol de donde sacó las seis tablas en que fue enterrado. Y los que menos queríamos creer que se hubiese muerto éramos mi hermano y yo. Él, Lázaro, continuaba la tradición del santo y empezó a redactar lo que le había oído, notas de que me he servido para esta mi memoria.

-Él me hizo un hombre nuevo, un verdadero Lázaro, un resucitado -me decía-. Él me dio fe.

-¿Fe? -le interrumpía yo.

-Sí, fe, fe en el consuelo de la vida, fe en el contento de la vida. Él me curó de mi progresismo. Porque hay, Angela, dos clases de hombres peligrosos y nocivos: los que convencidos de la vida de ultratumba, de la resurrección de la carne, atormentan, como inquisidores que son, a los demás para que, despreciando esta vida como transitoria, se ganen la otra, y los que no creyendo más que en este...

-Como acaso tú... -le decía yo.

-Y sí, y como Don Manuel. Pero no creyendo más que en este mundo, esperan no sé qué sociedad futura, y se esfuerzan en negarle al pueblo el consuelo de creer en otro...

-De modo que...

-De modo que hay que hacer que vivan de la ilusión.

El pobre cura que llegó a sustituir a Don Manuel en el curato entró en Valverde de Lucerna abrumado por el recuerdo del santo y se entregó a mi hermano y a mí para que le guiásemos. No quería sino seguir las huellas del santo. Y mi hermano le decía: «Poca teología, ¿eh?, poca teología; religión, religión». Y yo al oírselo me sonreía pensando si es que no era también teología lo nuestro. Yo empecé entonces a temer por mi pobre hermano. Desde que se nos murió Don Manuel no cabía decir que viviese. Visitaba a diario su tumba y se pasaba horas muertas contemplando el lago. Sentía morriña de la paz verdadera.

-No mires tanto al lago -le decía yo.

-No, hermana, no temas. Es otro el lago que me llama; es otra la montaña. No puedo vivir sin él.

-¿Y el contento de vivir, Lázaro, el contento de vivir?

-Eso para otros pecadores, no para nosotros, que le hemos visto la cara a Dios, a quienes nos ha mirado con sus ojos el sueño de la vida.

-¿Qué, te preparas a ir a ver a Don Manuel?

-No, hermana, no; ahora y aquí en casa, entre nosotros solos, toda la verdad por amarga que sea, amarga como el mar a que van a parar las aguas de este dulce lago, toda la verdad para ti, que estás abroquelada contra ella...

-¡No, no, Lázaro; esa no es la verdad!

-La mía, sí.

-La tuya, ¿pero y la de...?

-También la de él.

-¡Ahora no, Lázaro; ahora no! Ahora cree otra cosa, ahora cree...

-Mira, Ángela, una de las veces en que al decirme Don Manuel que hay cosas que aunque se las diga uno a sí mismo debe callárselas a los demás, le repliqué que me decía eso por decírselas a él, esas mismas, a sí mismo, y acabó confesándome que creía que más de uno de los más grandes santos, acaso el mayor, había muerto sin creer en la otra vida.

-¿Es posible?

-¡Y tan posible! Y ahora, hermana, cuida que no sospechen siquiera aquí, en el pueblo, nuestro secreto...

-¿Sospecharlo? -le dije-. Si intentase, por locura, explicárselo, no lo entenderían. El pueblo no entiende de palabras; el pueblo no ha entendido más que vuestras obras. Querer exponerles eso sería como leer a unos ni- ños de ocho años unas páginas de santo Tomás de Aquino... en latín.

-Bueno, pues cuando yo me vaya, reza por mí y por él y por todos. Y por fin le llegó también su hora. Una enfermedad que iba minando su robusta naturaleza pareció exacerbársele con la muerte de Don Manuel.

-No siento tanto tener que morir -me decía en sus últimos días-, como que conmigo se muere otro pedazo del alma de Don Manuel. Pero lo demás de él vivirá contigo. Hasta que un día hasta los muertos nos moriremos del todo.

Cuando se hallaba agonizando entraron, como se acostumbra en nuestras aldeas, los del pueblo a verle agonizar, y encomendaban su alma a Don Manuel, a san Manuel Bueno, el mártir. Mi hermano no les dijo nada, no tenía ya nada que decirles; les dejaba dicho todo, todo lo que queda dicho. Era otra laña más entre las dos Valverdes de Lucerna, la del fondo del lago y la que en su sobrehaz se mira; era ya uno de nuestros muertos de vida, uno también, a su modo, de nuestros santos. Quedé más que desolada, pero en mi pueblo y con mi pueblo. Y ahora, al haber perdido a mi san Manuel, al padre de mi alma, y a mi Lázaro, mi hermano aún más que carnal, espiritual, ahora es cuando me doy cuenta de que he envejecido y de cómo he envejecido. Pero ¿es que los he perdido?, ¿es que he envejecido?, ¿es que me acerco a mi muerte?

¡Hay que vivir! Y él me enseñó a vivir, él nos enseñó a vivir, a sentir la vida, a sentir el sentido de la vida, a sumergirnos en el alma de la montaña, en el alma del lago, en el alma del pueblo de la aldea, a perdernos en ellas para quedar en ellas. Él me enseñó con su vida a perderme en la vida del pueblo de mi aldea, y no sentía yo más pasar las horas, y los días y los años, que no sentía pasar el agua del lago. Me parecía como si mi vida hubiese de ser siempre igual. No me sentía envejecer. No vivía yo ya en mí, sino que vivía en mi pueblo y mi pueblo vivía en mí. Yo quería decir lo que ellos, los míos, decían sin querer. Salía a la calle, que era la carretera, y como conocía a todos, vivía en ellos y me olvidaba de mí, mientras que en Madrid, donde estuve alguna vez con mi hermano, como a nadie conocía, sentíame en terrible soledad y torturada por tantos desconocidos.

Y ahora, al escribir esta memoria, esta confesión íntima de mi experiencia de la santidad ajena, creo que Don Manuel Bueno, que mi san Manuel y que mi hermano Lázaro se murieron creyendo no creer lo que más nos interesa, pero sin creer creerlo, creyéndolo en una desolación activa y resignada. Pero ¿por qué -me he preguntado muchas veces- no trató Don Manuel de convertir a mi hermano también con un engaño, con una mentira, fingiéndose creyente sin serlo? Y he comprendido que fue porque comprendió que no le engañaría, que para con él no le serviría el engaño, que sólo con la verdad, con su verdad, le convertiría; que no habría conseguido nada si hubiese pretendido representar para con él una comedia -tragedia más bien-, la que representaba para salvar al pueblo. Y así le ganó, en efecto, para su piadoso fraude; así le ganó con la verdad de muerte a la razón de vida. Y así me ganó a mí, que nunca dejé transparentar a los otros su divino, su santísimo juego. Y es que creía y creo que Dios Nuestro Señor, por no sé qué sagrados y no escrudiñaderos designios, les hizo creerse incrédulos. Y que acaso en el acabamiento de su tránsito se les cayó la venda. ¿Y yo, creo?

Y al escribir esto ahora, aquí, en mi vieja casa materna, a mis más que cincuenta años, cuando empiezan a blanquear con mi cabeza mis recuerdos, está nevando, nevando sobre el lago, nevando sobre la montaña, nevando sobre las memorias de mi padre, el forastero; de mi madre, de mi hermano Lázaro, de mi pueblo, de mi san Manuel, y también sobre la memoria del pobre Blasillo, de mi san Blasillo, y que él me ampare desde el cielo. Y esta nieve borra esquinas y borra sombras, pues hasta de noche la nieve alumbra. Y yo no sé lo que es verdad y lo que es mentira, ni lo que vi y lo que soñé -o mejor lo que soñé y lo que sólo vi-, ni lo que supe ni lo que creí. No sé si estoy traspasando a este papel, tan blanco como la nieve, mi conciencia que en él se ha de quedar, quedándome yo sin ella. ¿Para qué tenerla ya...? ¿Es que sé algo?, ¿es que creo algo? ¿Es que esto que estoy aquí contando ha pasado y ha pasado tal y como lo cuento? ¿Es que pueden pasar estas cosas? ¿Es que todo esto es más que un sueño soñado dentro de otro sueño? ¿Seré yo, Angela Carballino, hoy cincuentona, la única persona que en esta aldea se ve acometida de estos pensamientos extraños para los demás? ¿Y estos, los otros, los que me rodean, creen? ¿Qué es eso de creer? Por lo menos, viven. Y ahora creen en san Manuel Bueno, mártir, que sin esperar inmortalidad les mantuvo en la esperanza de ella.

Parece que el ilustrísimo señor obispo, el que ha promovido el proceso de beatificación de nuestro santo de Valverde de Lucerna, se propone escribir su vida, una especie de manual del perfecto párroco, y recoge para ello toda clase de noticias. A mí me las ha pedido con insistencia, ha tenido entrevistas conmigo, le he dado toda clase de datos, pero me he callado siempre el secreto trágico de Don Manuel y de mi hermano. Y es curioso que él no lo haya sospechado. Y confío en que no llegue a su conocimiento todo lo que en esta memoria dejo consignado. Les temo a las autoridades de la tierra, a las autoridades temporales, aunque sean las de la Iglesia.

Pero aquí queda esto, y sea de su suerte lo que fuere.

¿Cómo vino a parar a mis manos este documento, esta memoria de Ángela Carballino? He aquí algo, lector, algo que debo guardar en secreto. Te la doy tal y como a mí ha llegado, sin más que corregir pocas, muy pocas particularidades de redacción. ¿Que se parece mucho a otras cosas que yo he escrito? Esto nada prueba contra su objetividad, su originalidad. ¿Y sé yo, además, si no he creado fuera de mí seres reales y efectivos, de alma inmortal? ¿Sé yo si aquel Augusto Pérez, el de mi novela Niebla, no tenía razón al pretender ser más real, más objetivo que yo mismo, que creía haberle inventado? De la realidad de este san Manuel Bueno, mártir, tal como me la ha revelado su discípula e hija espiritual Angela Carballino, de esta realidad no se me ocurre dudar. Creo en ella más que creía el mismo santo; creo en ella más que creo en mi propia realidad.

Y ahora, antes de cerrar este epílogo, quiero recordarte, lector paciente, el versillo noveno de la Epístola del olvidado apóstol San Judas -¡lo que hace un nombre!-, donde se nos dice cómo mi celestial patrono, san Miguel Arcángel -Miguel quiere decir «¿Quién como Dios?», y arcángel, archimensajero-, disputó con el diablo -diablo quiere decir acusador, fiscal- por el cuerpo de Moisés y no toleró que se lo llevase en juicio de maldición, sino que le dijo al diablo: «El Señor te reprenda». Y el que quiera entender que entienda. Quiero también, ya que Ángela Carballino mezcló a su relato sus propios sentimientos, ni sé que otra cosa quepa, comentar yo aquí lo que ella dejó dicho de que si Don Manuel y su discípulo Lázaro hubiesen confesado al pueblo su estado de creencia, este, el pueblo, no les habría entendido. Ni les habría creído, añado yo. Habrían creído a sus obras y no a sus palabras, porque las palabras no sirven para apoyar las obras, sino que las obras se bastan. Y para un pueblo como el de Valverde de Lucerna no hay más confesión que la conducta. Ni sabe el pueblo qué cosa es fe, ni acaso le importa mucho. Bien sé que en lo que se cuenta en este relato, si se quiere novelesco -y la novela es la más íntima historia, la más verdadera, por lo que no me explico que haya quien se indigne de que se llame novela al Evangelio, lo que es elevarle, en realidad, sobre un cronicón cualquiera-, bien sé que en lo que se cuenta en este relato no pasa nada; mas espero que sea porque en ello todo se queda, como se quedan los lagos y las montañas y las santas almas sencillas asentadas más allá de la fe y de la desesperación, que en ellos, en los lagos y las montañas, fuera de la historia, en divina novela, se cobijaron.

Nota Legal

Este libro tiene la finalidad de proporcionar información y entretenimiento a sus lectores. Su contenido está basado en fuentes consideradas confiables, sin embargo, el autor no puede confirmar ni garantizar su exactitud y validez y no se hace responsable por ningún error u omisión. En ningún caso, el lector debe asumir el contenido de este libro como consejo profesional, ni pretende sustituir las funciones de los expertos en el área, por lo tanto, es una guía cuya aplicación debe ser consultada con los profesionales acreditados en el área antes de ser usada. En el caso de protocolos o tratamientos médicos descritos en el contenido de este libro, el lector debe recibir asesoramiento médico profesional calificado antes de utilizar cualquiera de los recursos o técnicas descritos en este libro.

El lector está de acuerdo en aceptar que al utilizar la información contenida en este libro exime de responsabilidad al autor de cosos, gastos, daños, e incluso de horarios profesionales que puedan surgir de la aplicación de cualquier detalle descrito en este libro. Este descargo de responsabilidad se aplica incluso a la aplicación directa o indirecta de cualquier información presentada, ya sea por incumplimiento de contrato, agravio, negligencia, daño personal, intención criminal o bajo cualquier otra causa de acción.

Derechos de Autor

Este libro, en su edición digital y en papel (si la hubiere), no está sujeto a derechos de autor. Se permite la reproducción total o parcial de su contenido sin la autorización por escrito del autor y/o editor. En el caso de reseñas o artículos críticos del libro, las citas deben ser entrecomilladas, informando la fuente, el título del libro, la edición, el autor, el editor y la fecha de publicación.

Está permitida la reproducción, duplicación o transmisión total o parcial del contenido de este libro a través de cualquier medio digital o no, incluidas, pero no limitadas a fotocopias, escaneos, descargas electrónicas, grabaciones y traducciones. Queda igualmente permitido almacenar en cualquier sistema de recuperación sin el consentimiento por escrito del autor y/o editor, excepto en los casos de citas incorporadas en artículos de revisión o críticos, en cuyo caso debe estar claramente establecida la autoría de esta.

El contenido del libro está orientado a ofrecer una información confiable sobre el tema, sin embargo, el editor no está obligado a prestar servicios calificados en el tema. En caso de que cualquier persona, en este caso lector del libro, necesite un consejo o asesoramiento sobre el tema, se recomienda buscar a un experto en el área. Queda igualmente establecido que es absoluta responsabilidad del lector la interpretación del contenido del libro, así como de cualquier uso o abuso de la información y contenido del libro.

En el caso de España, los derechos de explotación de una obra subsisten 70 años después de la muerte del autor y se computan desde el 1 de enero del año siguiente al de la muerte o declaración de su fallecimiento. No obstante, el plazo es de 80 años para los autores fallecidos antes del 7 de diciembre de 1987. Una vez transcurrido el citado plazo, las obras pasan a dominio público.

Los autores españoles cuyas obras se encuentran en la Biblioteca Nacional de España y están en dominio público, pueden ser editadas, reproducidas o difundidas públicamente caso de este libro.

Colección Clásicos Renacidos

En esta colección encontrarás los principales autores/escritores españoles que ya forman parte del dominio público. En España y otros países al pasar más de 70 u 80 años desde la muerte del autor, sus obras pasan al dominio público.

Al ser autores antiguos, en esta colección les volvemos a dar una oportunidad con las nuevas tecnologías y así preservar su legado.

Actualmente tienes disponibles estas obras:
Miguel de Unamuno y Jugo:
01 – La Tía Tula
02 – Niebla
03 – San Manuel Bueno, mártir
04 – Abel Sánchez Una historia de pasión

Federico García Lorca:
05 – La casa de Bernarda Alba
06 – Yerma
07 – Bodas de sangre
08 – El romancero gitano
09 – Poema del cante jondo
10 – Poeta en Nueva York
Especial nº01: Teatro Lorca (con los títulos 5, 6 y 7 en un mismo tomo)

Ramón María del Valle-Inclán:
11 – Sonata de Primavera
12 – Sonata de Estío
13 – Sonata de Otoño
14 – Sonata de Invierno
Especial nº02: Sonata (con las cuatro sontas en un mismo tono)

Miguel de Cervantes Saavedra:
15 – El Quijote (incluye las partes I y II)

Se irán publicando varias obras asiduamente, así que estate atento/a a la plataforma para ver qué novedades tenemos preparadas.

Primero salen a la venta en formato ebook y a medida que se pueda se pasa a formato libro de tapa blanda, como este ejemplar.

La mejor forma para que autores/editores nuevos, como es nuestro caso, se destaquen y consigan mejor posicionamiento de sus libros es a través de las críticas positivas. De esa manera podemos seguir escribiendo, además de poder ir mejorando la calidad día a día.

No olvides votar y/o comentar este libro, de esta manera podré seguir editando más obras!!!

Gracias por comprarlo y sobre todo leerlo!!!!

CPSIA information can be obtained
at www.ICGtesting.com
Printed in the USA
BVHW031727110321
602276BV00007B/964